和风绘

怪谈

[日]小泉八云 著　冬初阳 译

中国出版集团　现代出版社

图书在版编目（CIP）数据

和风绘. 怪谈 /(日) 小泉八云著；冬初阳译. ——
北京 : 现代出版社, 2023.1
ISBN 978-7-5143-9997-4

Ⅰ. ①和… Ⅱ. ①小… ②冬… Ⅲ. ①短篇小说 – 小
说集 – 日本 – 现代 Ⅳ. ①I313.45

中国版本图书馆CIP数据核字(2022)第205202号

和风绘·怪谈

作　　者：[日] 小泉八云
译　　者：冬初阳
责任编辑：申　晶
出版发行：现代出版社
地　　址：北京市安定门外安华里504号
邮政编码：100011
电　　话：010-64267325　64245264（兼传真）
网　　址：www.1980xd.com
印　　刷：北京飞帆印刷有限公司
开　　本：710mm x 1000mm　1/20
印　　张：5
字　　数：28千字
版　　次：2023年1月第1版　　2023年1月第1次印刷
书　　号：ISBN 978-7-5143-9997-4
定　　价：55.00元

目
————————
录

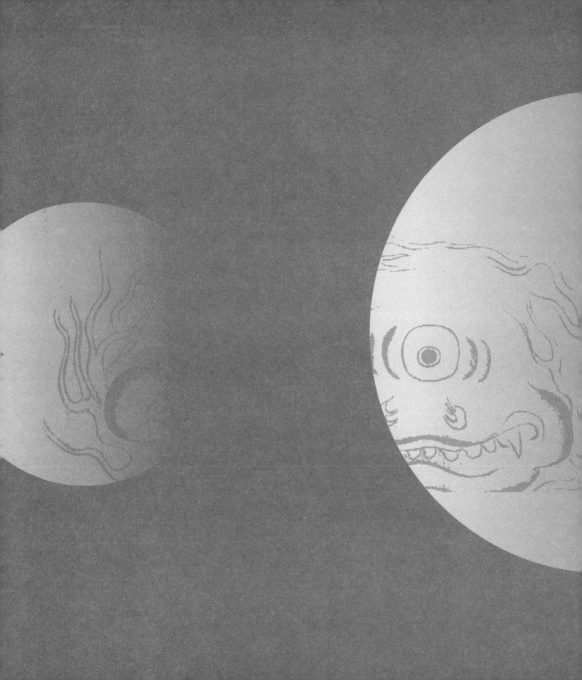

无耳芳一的故事

七百多年前，平氏家族和源氏家族在下关海峡的坛浦最后一次交兵，长年合战就此落幕。[1] 此役平家落败，彻底灭亡，妇孺都未曾幸免，幼帝——后世称为安德天皇也一并丧生。

七百年来，平家的怨灵一直在坛浦海面和海岸一带出没……我曾另行撰文告知读者，人们在坛浦一带捕捞到一种奇怪的螃蟹，称之为平家蟹[2]，蟹壳上有形似人脸的花纹，据说是平家武士的怨灵所化。人们在坛浦沿海耳闻目睹过许多怪事。漆黑的夜晚，成千上万的苍白火焰或在海滩上徘徊，或在浪涛之上飞舞，渔夫都称其为"鬼火"。每当风起，坛浦海面就会发出呐喊般的喧嚣，好似千军万马在喊打喊杀。

当年平家的怨灵比起今日更不安分。夜

1 日本平安时代末期，两大武士集团平氏家族和源氏家族长期对立。1180 年，源赖朝举兵讨伐平氏，从此双方在全国展开一系列大战，史称源平合战。1185 年，源氏大将源义经在坛浦决战中消灭平氏，源平合战就此告终。坛浦之役极为惨烈，平氏落败后，妇孺都投水身亡。需要指出的是，平家固然在战败后遭到毁灭性打击，但平氏宗家的血脉并未完全断绝。——译者注

2 我的《骨董》有一篇《平家蟹》详细讲述过这种奇怪的螃蟹。——作者注

间，他们会在行经的船只周围跃起，想要将船掀翻。他们每时每刻都在盯着游水之人，要将他们拉下水去溺毙。为了安抚平家怨灵，百姓在赤间关修建了一座阿弥陀寺。[1] 人们在寺院附近，靠海滩的地方建了一座坟场，在坟场内立起多座墓碑，上面镌刻溺水身亡的安德天皇和多位平家大臣的姓名。每逢忌日，当地百姓便会与寺庙僧众一同做法事，以慰藉平家亡魂。寺庙建成、坟墓立好之后，平家亡灵生出的事端比过去少了许多，却还是不时作祟，想来是一族惨死的怨气太重，无法完全平复。

数百年前，赤间关住着一个名叫芳一的盲人。此人虽盲，却弹得一手好琵琶[2]，弹词唱得也是精妙。从孩提时代，芳一便修习弹唱，少

[1] 即今下关赤间神宫，下关也被称为马关。——作者注

[2] 琵琶是一种四弦弹奏乐器，在日本主要用于说唱伴奏。从前说唱《平家物语》和其他历史悲剧的职业吟游艺人被称为"琵琶法师"。这个称呼的由来尚不清楚，不过有可能是因为这类琵琶法师与盲人按摩师一样，照佛教僧人的模样将头发剃光的缘故而得名的。日式琵琶通常用一种牛羊角制成的拨子弹奏。——作者注

年时代便技压几位授业师傅。成为琵琶法师之后，芳一的弹唱本事远近闻名，尤其擅长弹唱源平争霸的《平曲》，坛浦决战一段尤为精妙。据说他的坛浦决战，"真正到了神鬼共泣"的地步。

刚出道卖唱之时，芳一一贫如洗，好在觅得一位良友相助。这良友便是阿弥陀寺的住持，这位高僧酷爱诗书乐曲，时常请芳一到寺中弹唱琵琶曲。少年芳一技艺精熟，住持赞赏有加，便请芳一在寺里住下。芳一好生感激，就在寺里安顿下来。寺里腾出一间房供芳一起居。住持为芳一备妥食宿，只需他在得闲的夜晚弹唱一曲琵琶回报。芳一自无不允。

时值夏夜，寺里的一位施主亡故，住持应邀去他家做法事，带上弟子一同前往，只留下芳一独自留守。当晚颇为炎热，芳一来到卧房前的走廊上纳凉。从走廊上一眼能见到寺庙后院的小花园。芳一就在走廊上等候住持归来，百无聊赖之下，便弹奏琵琶解闷。

午夜已过，住持依然未归。室内闷热难当，芳一便一直留在走廊上等候。不知过了多久，他听见寺院后门有脚步声传来。有人穿过后花园，来到走廊上，径直走到他面前才停下，不过并非住持。一个低沉有力的声音在叫芳一的名字，声音粗暴无礼，就像武士在叫唤下人。

　　"芳一！"

　　"是！"芳一答道，他被声音的气势吓坏了，颤声又道，"……我眼盲！不……不知哪位大人驾到！"

　　"你无须害怕。"陌生人语气缓和了些，"我就在这寺庙附近逗留，奉命给你捎个信儿。我家主公乃是极为尊贵之人，如今与多位显贵亲随在赤间关留宿。主公今日特地来一睹坛浦大战的遗迹，听说你弹唱坛浦大战的本事高明，想请你弹唱一曲。你便取了琵琶，随我去主公一行下榻的宅院走一趟吧！"

在那个年代，绝不可轻慢武士的命令。芳一只得穿上草鞋，提起琵琶，与陌生武士一同出寺去了。武士巧妙地伸出一只手为芳一领路，却又让他不由自主快步跟随。芳一觉察出拉着他的一只手如铁铸一般刚硬，再听这武士脚步铿锵，想来定是全身披挂，或许职司是守卫深宅禁地的。芳一起初的戒心已去了，暗想莫非自己交了好运？他想起方才这武士说起主人"极为尊贵"，便暗忖那位要听琵琶弹唱的大人至少是一位当世一等一的大名。

走不多久，那武士停下脚步。芳一便察觉二人前面乃是一座高大门户。他暗自疑惑，这赤间关城中，除了阿弥陀寺的山门之外，并无别的高大门户。

"开门！"那武士大声呼唤。话音刚落，便传来一阵开门声。芳一随武士走进门去。二人来到一处开阔庭院，再度来到一座门前。武士朗声道："里面有谁出来迎接！我将芳一带来了！"随后里面传出匆匆的脚步声，然后是障子滑动，雨户¹打开的声音，间或还有女人的谈话声。芳一耳力甚佳，听这些女人的谈吐，便知道这里定是一座豪门大宅，那些女人都是这里的侍婢，不过他到底眼盲，还是想不明白自己究竟被引到什么地方。

不容芳一细想，便有人扶他走进门去。待登上数级石阶，有人吩咐他将草鞋脱了。一个妇人伸手来牵芳一，引领他走过一段长长的打磨光滑的木质走廊。不知绕过多少廊柱，经过多少十分宽敞的榻榻米厅堂，二人终于来到一间宽敞大屋的正厅。芳一暗忖，这里应该是许多达官显贵的聚集之所。在他耳中，那绫罗绸缎的窸窣声仿佛林中叶落。他还听见许多声音窃窃私语，言谈听来都是豪族庭院的风雅之词。

1 旧式日本木结构房屋，为了保护纸糊的障子窗户免受风雨侵蚀，在靠外墙的户袋里备有木板，制成和障子一样可水平滑动的"雨户"，在风雨天气备用。百姓家平时晚上多会拉上雨户防盗。——译者注有人吩咐芳一不要慌乱，身前已有人为他备好一张跪坐的草垫。芳一跪坐垫上，动手调音。此时一个老妇的声音传入芳一耳中，听来应当是宅中婢女的总管。

"这位乐师，就请用琵琶弹唱一回《平曲》吧！"

芳一暗自踌躇，要将《平曲》从头唱完，不知要费去多少个夜晚，于是壮起胆子问道："整首《平曲》并非一时半刻能唱完的。小人斗胆请问一声，不知大人最爱听哪一段？"

老妇的声音答道："就唱坛浦决战那段吧，据说这一段最是哀婉动人。"

芳一欠身一礼，提高嗓音，先吟唱一段汹涌海面上的喊杀，手中拨动琵琶。乐声果真动人，宛如船桨划动，樯橹疾冲，箭矢呼啸而过，两军将士高声呐喊、往来奔行，太刀长枪击中武士头盔，武士落水丧生……活灵活现，令人身临其境。芳一全凭一张快口、一双妙手和一把琵琶，

将当年海上决战的场面重现。在他弹唱间歇，能听到左右传来低声赞誉。

"这琵琶法师果真有惊人艺业！""自家领国[1]之内没有一人能有这等造诣！""普天之下，只怕也无人能比得上芳一！"

…………

赞叹之声此起彼伏。芳一听在耳中，深受鼓舞，抖擞精神，使出平生本事，弹唱更为出色。听众再度聚精会神，安静下来。芳一终于唱到那些平家的薄命红颜和无辜儿童都遭遇不幸结局的一段，这正是整个曲目的高潮。唱到二位尼平时子[2]怀抱幼小的安德天皇投水自尽的一刻，芳一只听见所有听众一齐颤声发出极

1 日本列岛（除北海道）古代按照律令制划为六十六分国，武家政权时代，地方大名（诸侯）与幕府将军形成契约关系，在各国有自家领地。大名家的领地与分国往往并不完全一致，但是领有相当于一分国面积的大大名往往根据习惯称自己的领地为领国。——译者注

2 平清盛的正妻，叙从二位，出家后被称为二位尼。——译者注

12

为痛苦的悠长哀号，此后众人高声哭泣不止，无比哀痛。一曲终了，芳一才发觉自己这一番弹唱竟让众人如此哀痛，心中大骇。

悲恸哀号久久不绝，不过终于还是渐渐止住。四周又是一片寂静，芳一无措之际，又听见那应当是女管家的老妇再度出声。

"我等久闻芳一先生是弄琵琶的奇才，无双的说唱法师，今夜一见，方知天下竟有如此神技。我家主公十分满意，特地为您备下一份重赏，不过今后六个晚上，您每晚都要来到此间，为主公弹唱一曲。主公白天还需外出巡游，不可耽误。那就只有劳烦先生在明晚同一时刻前来。今夜将您带来此间的武士，此后几夜都会去接你……另有一事奉命告知于你。

"主公巡游赤间关这几日，请你来此地弹唱献艺之事，切勿对旁人提起。主公乃微服出巡，三令五申不得惊扰地方，你要谨记。现在你回寺庙去吧！"

芳一千恩万谢。随后一个女人将他一路领到宅院玄关。起初带路的

武士早已候着，便又带着芳一回到寺庙后院的走廊上，再告辞离去。

芳一回到寺庙时已将近黎明，不过无人察觉他去了一整夜，只因住持很晚回寺，还以为他早已睡了。白天芳一稍事歇息，昨晚的奇遇不曾对人吐露一字半句。

这天午夜，那武士再度来寺里找他。芳一随那武士去了贵人齐聚的大宅正厅，再度弹唱献艺，同样备受称赞。不过这一次他离开寺院，却被人无意中发觉。次日一早他回来之后，被唤到住持那里问话。住持和颜悦色，却也难掩责备之意，说道："芳一，我将你视为好友，为你好生担忧。你眼盲，深夜孤身外出，太过危险。说来你要外出为何不知会一声？我也好派个杂役陪你。你到底去了哪里？"

芳一闪烁其词："承蒙住持抬爱！那个……我有些私事要外出处理，白天实在顾不过来，只好晚上去了。"

芳一不肯吐露实情，住持并不恼怒，却颇为惊讶，暗忖此事透着古怪，或许出了什么差池。他担心这盲乐师被恶灵迷惑或是被邪祟欺骗，却不再多问，只私下吩咐寺中的几名杂役留心芳一的举动，万一他再度夜间离开寺庙，就在后面跟随。

不出住持所料，就在当天晚上，芳一再度出寺，几名杂役瞅个正着，立即点亮灯笼，在后尾随。偏偏这一夜天降大雨，伸手不见五指，寺院杂役还没找到道路，芳一就消失无踪了，他显然脚步甚快。一来芳一眼盲，二来雨天泥泞路滑，这实在是怪事。杂役们匆匆走街串巷，到芳一平日会去的地方一一询问，却没有人知道他在何处。最后，杂役们只得悻悻而返，从海岸边抄近道返回寺院。

突然间，阿弥陀寺的坟地之中，传来一阵琵琶弹唱，声势颇为刚猛，几个杂役吓了一跳。他们定睛一看，那边除了黑夜常见的几点鬼火磷光之外，别无其他，不过这弹唱声绝对错不了！几名杂役立即快步向坟地走去。借着灯笼的暗光，他们总算找到了芳一。这盲乐师竟不顾大雨，独自在安德天皇的墓前端坐，拨弄琵琶，高声演唱坛浦决战那一段琵琶曲。就在芳一身后，四周的每一处坟墓之上，都燃起鬼火，好似点燃的蜡烛一般。凡人一生之中，何曾见过这许多鬼火摆下的阵势！

"芳一先生！芳一先生！"众杂役壮起胆子，大呼道，"您这是中邪了……芳一先生！"

偏偏那盲乐师充耳不闻，弹唱越发起劲，将一把琵琶弹得叮当铿锵，嗓音越发嘹亮，如癫似狂，坛浦大战真正被弹唱到极致。杂役们顾不得其他，一把抓住芳一，就在他耳边大喊道："芳一先生！芳一先生！快随我们回寺庙吧！"

芳一却一脸正色，责难道："贵宾齐聚一堂，你们怎能如此喧哗，让我不能演奏，好生放肆，该当何罪！"

事情怪诞至此，几个杂役忍俊不禁。他们既然知道芳一已被鬼魂迷了心智，也顾不得其他，只得将他抓住，连拉带拽，奋力匆匆将他送回寺庙。住持一看，赶紧命人将他湿透的衣衫都换了，吩咐一众杂役回房歇息。随后住持催促芳一将今夜之事说个明白。

芳一踌躇许久，最后总算明白过来，今夜所为的确让住持吃惊非小，动了真怒，便下定决心不再欺瞒，将鬼武士首次夜访以来的事情都原原本本讲述了一遍。

住持顿足道："芳一呀，你这可怜之人！如今你大祸临头！你本该早些将事情告知于我。实在是不幸！你琴艺高超，精通乐理，这回却真为你招来这一番劫难。事到如今，你定已知晓你这几个晚上拜访的不是什么深宅大院，而是寺后不远的平家坟场。今夜寺里的杂役冒雨外出，竟看见你在安德天皇墓前端坐。从亡灵唤你过去开始，你遇到的一切其实都是幻惑。一旦你遵从亡灵之命，便被他们的念力左右。如今你已数度被亡灵所惑，若再度遵从他们，只怕会被一众亡灵分尸。无论如何，他们迟早都要来索你的性命……我自然不忍见死不救，只是今夜有人请我去做法事，非去不可，不能留在寺中陪你。不过临走之前，我会在你身上写好经文法符，为你护身。"

住持与弟子将芳一脱个精赤条条，在日落之前，提起两支毛笔，在他胸前背后、头脸肩颈、四肢手足，甚至脚底心，浑身上下都写满《般若心经》¹。经文写罢，住持指点芳一道：

"今夜我一离寺，你便立即在那走廊上端坐等候。那鬼魂会再唤你。切记，无论发生何事，都不要应答，也不要移动。什么都不说，静坐即可，就好比参禅。一旦你稍有异动，或是发出任何动静，就会被大卸八块。不要害怕，也不要想呼救，只因无人能救你，唯有自救。只要你完全按照我的吩咐去做，便可度过此劫，日后就不用再担惊受怕了。"

天黑之后，住持便与弟子出寺去了。芳一遵照住持吩咐，独自在走廊上端坐。他将琵琶放在一旁的地板上，做出个参禅打坐的样子，

1 《般若波罗蜜多心经》的精要短篇。精要篇和全篇都被称为《般若波罗蜜经》（般若波罗蜜即"无上智慧"的意思）。年代更早的马克斯·穆勒教授翻译的东方宗教典籍第四十九卷（《佛教大乘经》）中可以找到这两篇佛经。关于本故事中所述的这篇经文的法力，值得一提的是，经文的主旨就是佛家的空色之说，亦即所有现象或本体的非真实性……经文概要："色不异空，空不异色，色即是空，空即是色，受想行识亦复如是……是故空中无色，无受想行识，无眼耳鼻舌身意……以无所得故，菩提萨埵，依般若波罗蜜多故，心无挂碍；无挂碍故，无有恐怖，远离颠倒梦想，究竟涅槃。"——作者注

纹丝不动，小心翼翼，调匀呼吸，不咳嗽，也不大声喘息。就这样静坐了几个时辰。此时，从外面的街道上，有脚步声传来。那脚步越过山门，越过后花园，靠近走廊，就在他面前停了下来。

"芳一！"熟悉的粗重声音唤道。那盲乐师却屏住呼吸，自顾端坐，纹丝不动。

"芳一！！"第二声呼唤多了几许寒意。"芳一！！"第三声显得十分暴躁。芳一宛如一尊石像，一动不动。那声音更为烦躁，咕哝道："无人应答！这可不行！定要将这厮找出来才好交差。"

走廊不远处传来一阵沉重的脚步声。不多时，这脚步便从容逼近，随后就在他身旁停下。芳一一时间只吓得一颗心跳个不停，整个身躯都好像在随着心跳狂颤。也不知过了多久，走廊里一片死寂。

那粗重声音终于在芳一耳边再度响起："琵琶在这里，可是那琵琶法师……只剩两只耳朵了！难怪他不答话，原来是没有嘴

21

巴能回话了……这厮五体全失，只剩耳朵了……我就将这耳朵带回去交差吧。圣意难违，就用这耳朵证明我已来传过芳一了。"

转瞬之间，芳一只觉得那武士铁铸一般的食指一把揪住他的双耳撕扯。只听"嘶啦"一声，一双耳朵被生生扯下！芳一痛得几乎晕厥过去，却强忍住不哭泣哀鸣。沉重的脚步声沿着走廊渐行渐远，下到后花园，出去踏上街道，终于听不见了。芳一只觉得两颊有黏稠的两道暖流经过，只是受过惊吓，又遭此荼毒，却哪里还敢抬手去摸……

日出之前，住持便回来了。他三步并作两步，赶去后院的走廊查看。住持脚下踩到一片湿漉，借着灯笼的火光一看，不由得失声惊呼，那湿漉漉的原来是鲜血。他又定睛一看，芳一仍是一副打坐姿势，就在前面一动不动，鲜血依然在从耳洞的伤口往流淌。

"可怜的芳一！"住持大惊失色，痛惜

道，"出了何事？你……你受伤了？"

听见挚友住持的声音，芳一如释重负，悲从中来，放声痛哭，含泪将夜间的经历讲述了一遍。

"可怜，芳一你着实可怜！"住持悲叹道，"一切都是我的过失！我犯了大错！在你身上每一处都写了《般若心经》，偏偏漏了双耳！我对我那弟子小沙弥千叮咛万嘱咐，所有地方都不可疏漏，偏偏还是漏了耳朵。我没有好生仔细检查，实在是大错特错！事已至此，说什么都于事无补，我等只有尽快延医为你疗伤。朋友，你要好生振作！平家的恶灵再也不会来搅扰你了。"

住持请了一位名医悉心治疗，芳一的伤不久便痊愈了。他夜遇平家怨灵的奇事不胫而走，广为流传，不久便让他颇为知名。许多达官显贵去赤间关听他弹琵琶唱曲，馈赠大量钱财，让他成了富人……不过从经历奇遇之后，他被人们取了个诨名，叫作"无耳芳一"。

辘
轳
首

大约五百年前，九州的大名菊池氏有一位家臣，名叫矶贝平太左卫门武连。矶贝家世代都是侍奉菊池氏的武士，武连继承了历代尚武先祖之风，武艺高强，膂力过人。在他少年之时，剑道、射术和使枪的本事便胜过诸位授业教师，更兼胆大心细，智勇双全，乃不可多得的将才。之后，武连在"永享之乱"[1]中立下赫赫战功，成为菊池家的名将。

谁知菊池氏盛极而衰，一夜之间，矶贝武连成了无主浪人。[2]以武连的威名和才干，即使菊池氏宗家容不下他，在别的大名家出仕也并非难事，不过他并非贪图名利之人，且一心忠于不幸战死的旧主，宁可了却尘缘，也不愿再侍奉其他主公。于是他剃度出然而，在僧袍之下，回龙的内心深处，仍藏着一颗武士的赤诚之心。他昔日能在刀山剑林之中谈笑自若，今日也能不惧险阻。一年四季，无论严寒酷暑，回龙都不会停下弘扬佛法的脚步。哪怕是别的僧人不敢踏足的穷山恶水，他也无所畏惧。其时应仁[1]乱起，天下扰攘，法禁松弛，即使身为僧侣，孤身出行，在大道上都难保平安无事。

回龙首次远行，来到甲斐国。[2]这一日暮间，回龙在甲斐群山之间独行，察觉自己来到一片荒无人烟的深山之中，离最近的村庄只怕都有数里。天色已晚，他只得以星空为被，以道旁的草地为褥，在野外过上一

1 1467年，幕府管领细川胜元和守护大名山名持丰，为将军家和三管领家之一畠山家的继承人问题长期争斗不休后，终于引发大战。这场逐步波及全国的大战持续了十年，史称"应仁之乱"。"应仁之乱"严重动摇了幕府统治的基础，被视为室町幕府衰落和广义上的日本战国乱世的开端。——译者注

2 日本旧分国之一，即今山梨县。——作者注

夜。回龙躺在地上，打算枕草而眠。他一向耐得劳苦，野外露宿也算不得什么，若是寻不到更好的物事，哪怕一方秃岩于他而言都是一张好床；一段松根也是一枚佳枕。那久经历练的身躯强壮如铁，雨雪风霜都不在话下。

回龙躺下不过片刻，便有人沿着道路走来。那人手提利斧，背着好犬一捆柴火，看来是个采樵人。这樵夫来到回龙身旁，默默打量他片刻，还是难掩惊奇，说道："这位大师当真是奇人，竟敢独自躺在这荒郊野外！这一带有妖怪，好多妖怪。您就不怕那些凶狠的妖怪吗？"

回龙欣然答道："这位朋友，我不过是个云游四方的僧人，居无定所的云水旅客。您说的那些凶狠妖怪，若是指狐妖獾精，或是此类兽妖，我自是丝毫不惧。至于荒郊野外，我时常在外修行，倒是乐在其中。风餐露宿于我本属寻常，我一心礼佛，早已不在意生死，又有什么可怕的？"

"这位大师，您真是胆识过人。"樵夫感慨道，"敢躺在这里真不是一般的胆大！此地素有凶险之名，十分险恶。有句古话说得好：君子不立危墙之下。您听我这采樵人一句话，睡在这里实在太过凶险。寒舍离此不远，虽说只是一间简陋茅屋，却也可以栖身，还请大师随我回家吧！虽说我家没有什么像样的斋饭供大师享用，好歹还有屋顶遮头，能让您安睡一晚。"

　　樵夫说得诚恳。回龙见此人亲切和蔼，盛情相邀，自无不允。樵夫头前带路，领他走过一条狭窄小道，从大路穿过山林。这小道好生崎岖险峻，不时要绕过悬崖峭壁，有时还要跨过蛛网般的滑溜树根，还要在崚嶒山岩之间取道。赶了小半个时辰的山路，回龙随樵夫来到一座山顶的空地，空中已有一轮明月朗照。

　　不远处便是一间茅屋，窗内灯影婆娑。樵夫带他先去屋后的一座草棚，里面有从附近小溪引水的竹管。两个人就在棚中将脚洗净。棚外有个菜园，远处是杉树林和竹林，青翠欲滴，林间有道瀑布从高

处倾泻而下，月色之下波光粼粼，仿佛一匹洁白的长绫在空中摇曳。

回龙随樵夫走进屋子。这茅屋果真狭小，只有一个火塘[1]。男女四人正围坐在火塘周围烤火取暖，见有僧人到家，纷纷躬身施礼，十分恭敬。回龙好生奇怪，看这几个人十分贫寒，住得如此偏僻，礼数却怎会这般周全。他暗忖道："这些人出身应当不错，定是经过熟悉礼节之人的教导。"回龙听那四人都称樵夫为主人，便对他说道："看您谈吐不俗，家人礼数也十分周全，想必不是寻常樵夫，难道曾是富贵之人？"

1 一种专在土质地面上挖掘出来的生火之所，通常是在地面上挖出一个方形浅坑，边上衬有金属条，半填着灰烬，木炭就在灰烬上燃烧生火，可以取暖，也可烧水煮饭。——译者注樵夫微笑答道："大师说得不错。如您所见，在下如今只能靠采樵度日，不过也曾略有薄名。说来话长，我落到这步田地，也是自作自受。昔日我曾侍奉过一位大名，俸禄着实不低。偏偏我一向贪杯好色，行为乖张，坏了法度。我铸成大错，弄得家破人亡，还连累许多人丢了性命。也是报应不爽，我一路流亡，来到这山间做了樵夫。如今我诚心悔过，时常祈求佛祖能让我弥补犯下的罪孽，重振家名。可惜我罪孽深重，如今年纪渐长，这番心愿看来是无法达成了。不过我已真心悔悟，尽我所能去扶助孤弱，希望能洗清这一身业障。"

　　回龙听罢樵夫一席话，大感欣慰，便对他说道："朋友，人人都难免年少轻狂，只要幡然悔悟，日后定有福报。佛经有云：恶行昭彰之辈，但凡诚心改过，定会大力行善。贫僧相信你心地良善，但愿福报能早日来临。今夜我便为你诵经礼佛，祈求我佛慈悲，让你能早日消除昔日业障。"

　　说罢，回龙见天色已晚，便向樵夫道过晚安。那樵夫带他进了一

间小厢房，里面已备好一张卧榻。随后樵夫一家都先行入睡，回龙却在一盏纸灯之下独自诵经。直到深夜，他诵经祈福方毕。随后他打开卧房中的一扇小窗，在就寝之前再看一眼这里的景色。夜空晴朗无云，没有一丝风，月色皎洁，在地上勾勒出树荫的清晰黑影，园中的露珠倒映月华，闪闪发光。蟋蟀和铃虫 [1] 不住鸣叫，好似奏乐，夜色越发幽深，附近的瀑布流水声也越发清晰。

耳听流水潺潺，回龙不禁有些口渴，记起屋后有竹槽引水，便想自行去取一杯来饮，也不用打搅睡熟的主人一家。他轻轻推开分隔厢房和正屋的障子，借着昏暗灯光，一眼看见，躺卧的那五人居然都没了头颅！

1 其实是一种蟋蟀，叫声非常独特，就像小铃铛在响，因此得名。——作者注回龙乍见这等骇人光景，愕然而立，暗想可是有歹人行凶？他到底曾久经沙场，下一瞬间便发觉有异，这室内竟不见血迹，那五具无头躯干的断颈处看来也不像被人斩过。

回龙暗忖："这定是妖精制造的幻象，不然我便是被诱入辘轳首[1]的巢穴了……古书《搜神记》[2]写着，若是见到辘轳首的无头躯干，可将其移至他处，其头便不能再度自行安到颈上。书中还说，待头回来，见躯干已被移走，就会像球一样落地三下，惊恐喘气，少顷便气绝身亡。倘若这些人真是辘轳首，对我便不怀好意……那么我按照《搜神记》记载的方法去做便无不可。"

回龙一把抓住这家主人，也就是那樵夫

1 到了近代，日本人传说的辘轳首通常是一种脖子能伸得非常长的妖精，不再是断首的形象。——作者注

2 中国晋代人干宝所著的志怪小说，辘轳首的原型是《搜神记》卷十二所述的"落头民"。三国时的吴国将军朱桓，得一婢，每夜卧后，头辄飞去。或从狗窦，或从天窗中出入，以耳为翼，将晓，复还。书中所述的方法与本篇不同，是用被子蒙住躯干，或者同铜盆覆住断颈，让头不能与躯干复合。——译者注

的脚，拖到窗口，推了出去。然后他走到后门，见上了门闩，便猜到那五颗头颅应当是从屋顶敞开的烟囱里飞出去了。他悄声取下门闩，走向菜园，小心翼翼地来到菜园外的小树林里。他听见林子里有人说话，便循声而去，悄悄在树荫下摸索，最后找到一个极佳的藏身之处。回龙就藏在一棵树干后面，能看到那五个辘轳首的头颅在飞舞盘旋，有说有笑，时而在地上和树上找到虫子，便一口吞了。不多时，那樵夫的头颅停止咀嚼虫类，开口说道：

"唉，今晚来的那个行脚僧真是膘肥体壮！若是我们将他吃掉，肚子便彻底填饱了……怪我说了那一番蠢话，倒让他为我的灵魂去诵经祈福！在他诵经之时，却不好近身，只要他还在祈祷，便触碰不得。不过现在已是凌晨，他或许已经睡了……你们有谁回去看看这厮现在在做什么。"

一颗年轻女子的头颅立即飞上半空，如同蝙蝠一般振耳轻轻飞向茅屋。片刻工夫，这颗头颅便回来了，一脸惊诧，气急败坏道："那行脚僧不在屋里，他跑了！这还不是大事。那臭和尚将主人的身体给拖走了，不知藏到哪里去了！"

听罢这一番话，那樵夫的头颅立即现出一副狰狞神色，在月光下清晰可见，好生可怕。但见他怒目圆睁，须发倒竖，牙关咬得咯咯作响。随后他双唇之间迸出一声哀号，怒目之中涌出热泪，咆哮道："我的身躯已被移动，身首便不能再复合了！那么我便必死无疑……都是那臭和尚捣的鬼！在我死前，定要捉住那臭和尚，将他碎尸万段！我要将他生吞了……他……他就在那里，在那棵树后面！就藏在那棵树后面！你们看！这肥胖鼠辈！"

话音未落，樵夫的头颅便向回龙扑来，另外四颗头颅紧随而上。回龙身强体壮，岂会轻易就范，当即倒拔起身旁的一株小树，以树为棒，舞得虎虎生风，护住周身上下。那五颗头颅无论怎样腾挪翻飞，都被他

迭出狠招，大力击飞。四颗头颅吃了好一顿打，见他如此神勇，不由得胆怯，纷纷落荒而逃。唯独樵夫的头颅，虽说也被打得皮开肉绽，却是一心要拖回龙共赴黄泉，一直在拼命缠斗，最后他终于一口咬住僧袍的左袖。回龙眼明手快，左手一把抓住头颅的发髻，右拳狠命不停地击打。樵夫的头颅死死咬住衣袖，绝不松口，但终究吃不住连环重击，更何况大限已到，终于呜呼哀哉，不再缠斗。这颗头颅死了，牙齿却仍死死咬住僧袍左袖。任凭回龙力气再大，也掰不开这颗头颅的牙关。

没奈何，回龙只得任这颗头颅挂在袖上，回到那座茅屋。他一进屋，便见另外四颗辘轳首鼻青脸肿、满头血污，却已与身躯合体，恢复人形，蹲坐一处，瑟瑟发抖。他们见回龙从后门进屋，顿时失声尖叫："是那和尚！那和尚！"吓得屁滚尿流，一溜烟儿奔出前门，逃进树林去了。

东方已经发白，天就要亮了。回龙知道妖精只有在黑夜才有妖力可恃。他看看紧咬左袖的那颗头颅，脸上满是鲜血、唾液和泥土，血肉模糊，极为恐怖。回龙却是不世出的豪杰，放声大笑，暗忖："这妖精的头颅，便全当此地的土产了！"于是将自己的行李收拾妥当，悠然下山，继续云游。

回龙一路云游，来到信浓国[1]的诹访。他昂首阔步，在诹访町的大街上行走，一颗头颅却悬在左肘袖间晃荡。妇人见之晕厥，孩童失声惊叫逃走。这等骇人场面引发人群大骚动，自然惊动了町里的捕快。一众捕快不由分说，先将回龙擒住，送进大牢。捕快们以为定是回龙在行凶杀人之时，惨死之人在断头瞬间反用牙齿死死咬住他的衣袖。捕快盘问之时，回龙只是笑而不答。他在牢里过了一夜，便被送去町奉行所[2]受审。

1 日本旧分国名，即今长野县。——作者注

2 奉行所相当于中国古代的衙门，町奉行即负责维护当地政务的行政官员，一般有数人。——译者注

"你身为僧人，竟犯下杀人重罪，还胆敢将人头挂在衣袖上，光天化日之下招摇过市，真是无耻之尤。还不快将你的罪行从实招来！"一位町奉行厉声怒喝道。

回龙放声大笑多时，这才说道："列位大人，贫僧并未将这颗人头挂在袖上，是他自己咬上去的，倒让贫僧好生烦恼。贫僧并未犯罪。这并非一颗凡人的首级，而是一颗妖精的头颅。况且贫僧打死妖精，非为嗜血好杀，而纯属防身自卫。"随后他便讲述了在甲斐山间的一番奇遇，待说到遇上五个辘轳首时，再度由衷大笑不止。

几位奉行却没有笑。他们据常理断定这僧人是个穷凶极恶的罪犯，编的这套故事乃存心戏弄他们。他们商定不用再多问，打算立即将这凶徒处决。几位奉行各抒己见，只有一位年迈的老奉行在审问之时不置一词，待听过众位同僚的意见，他才站起身来，说道：

"列位少安毋躁，还是先仔细检验一下那颗人头再判决不迟。若是这僧人所言不虚，这人头上自然能看出端倪，证明他的清白……那僧人，将人头送上来！"

　　回龙将僧袍脱下，差役将那颗死不松口的人头和僧袍送到几位奉行面前。老奉行手擎人头，翻来覆去，仔细查验，见脖颈上有一些奇怪红痕。他提醒同僚留意此节，还向众人指出，脖颈边缘没有任何被利器砍切的痕迹，却像树叶从茎干脱落一般平滑……老奉行这才发话道："这僧人果然所言不虚。老夫已经明白，这是妖精辘轳首的人头。古书《南方异物志》[1]写道：飞头蛮，项有赤痕。这颗人头上就有红痕，虽好似文字，却并非人为涂写。此外，众所周知，甲斐国山间自古便有辘轳首之类的妖精出没……只不过，这位大师——"他转向回龙，扬声道，

1 中国唐代人房千里编著的志怪笔记，原书已散佚。《本草纲目》引该书内容："岭南溪峒中，有飞头蛮，项有赤痕。至夜以耳为翼，飞去食虫物，将晓复还如故也。《搜神记》载吴将军朱桓一婢，头能夜飞，即此种也。"日本江户时代的画家鸟山石燕所绘的《画图百鬼夜行》中，"辘轳首"画像标注的汉字为"飞头蛮"，日文平假名用"ろくろくび"，即辘轳首的读音。由此可知，鸟山石燕和小泉八云理解的日本妖精"辘轳首"，源出于中国古书上的"飞头蛮"。——译者注

"你刚勇豪迈，真不是一般的僧人。世上的僧人少有如你这般胆大心壮的。你虽是僧人打扮，气度却更像武人。老夫冒昧地请问一句，大师可是武门出身？"

"大人好眼力。"回龙应道，十分爽朗，"贫僧出家之前，长年兵器不离身。无论对手是人是魔，我从未惧怕。我曾是九州菊池氏的家臣，俗名唤作矶贝平太左卫门武连。诸位之中或许有人听闻过我旧日的一点薄名。"

听到回龙报上旧日俗名，大堂之上便响起一片低声赞叹。在场的多位奉行和其他武士都听过矶贝武连昔日的勇名。回龙顿时从受审的犯人变成来自远方而来的朋友。众位奉行纷纷上前施礼问候，表达钦佩之情。他们兴高采烈，护送回龙前往诹访大名的宅邸。诹访家的现任家主闻报大喜，好生设宴款待，临别之时还赠了一份厚礼。回龙以僧人之身，在这浮世之中享受众人善待，也不失分寸，离开诹访之时，倒也颇为高兴。至于那颗人头，自然继续附在僧袍之上，他逢人便笑称这是从甲斐山间带回的土产。

接下来便只要交代那颗辘轳首的结局了。

回龙离开诹访一两日后，在一处荒僻之地遇上一个盗贼拦路抢劫。那盗贼见他是个游方僧人，料定没什么油水，便要取他的僧袍。回龙当即脱下僧袍，交给盗贼。盗贼这才看到左袖上居然挂着一颗人头。这盗贼固然凶悍，却还是吃惊不小，赶紧丢下僧袍，跳将起来，大呼道："你……你到底是什么和尚啊？看来你比我更凶恶！我确实杀过不少人，却从未将人头挂在袖子上到处招摇……罢了，这位和尚大王，看来我们是一条道上的，我对您真是好生钦佩！这颗人头我会用得着，可以用来吓人。

"这件僧袍卖吗？我就用这身袍子和您换，再加五两金子买这颗人头。"

回龙答道："若是你一心想要这颗人头，便舍给你也无妨，不过我要提醒你，这其实并非一颗人的头颅，而是一颗妖精的头颅。若是你买了去，惹上任何祸事，休要怪贫僧没有对你讲明啊。"

"你这和尚大王倒真有意思！"盗贼根本不信，大呼道，"杀了人，还能这般说笑！不过我也是真心诚意要这颗人头的。我的袍子给你，这里是五两金子，现在这僧袍和人头都是我的了……真不知开这玩笑却图什么？"

"拿去吧。"回龙道，"我没有说笑。要说有什么可笑，只是因为你蠢到为一颗妖精的脑袋出这么一个好价钱。"回龙放声大笑而去，继续赶路。

盗贼得了人头和僧袍，好生得意，有段日子就假扮"妖僧" 在路上打劫，倒也无往而不利。只是，他路过诹访一带，听说了那辘轳首的故事，才明白回龙不曾诓他，不由得害怕这辘轳首的鬼魂来寻他晦气。于是他打定主意将这颗人头送回原地，将辘轳首的人头和身躯一并安葬。

　　盗贼一路来到甲斐深山中的那座偏僻小屋，那里却已空无一人，那身躯也没能找到。于是他便在屋后的树林中将辘轳首的人头埋葬了。为了超度辘轳首的灵魂，他还念诵了一遍《施饿鬼食咒》。据对我讲述这个故事的日本人说，那辘轳首的墓碑，至今都在甲斐的深山中竖立。

死者的秘密

很久以前，在丹波国¹住着一位富商，名叫稻村屋源介。他有个女儿叫阿园。这少女聪明伶俐，源介觉得让她在乡间跟着私塾先生学习实在可惜，便托几个可靠的帮工将她送去京都，好让她跟随名门淑女学习礼仪。阿园学成之后，被婚配给家中的一位世交，名叫长良屋的商人。夫妇二人情投意合，生了一个儿子。只是好景不长，阿园在婚后第四年一病不起，不久就撒手西去。

阿园下葬的夜晚，她的小儿子说妈妈回来了，就在楼上的房间里。妈妈还对着他微笑，却没有说话，于是他害怕，便跑下楼来。随后家里人到楼上阿园生前居住的房间去看，顿时目瞪口呆。原来借着房里神龛前

1 日本旧分国之一，大致相当于今日本京都府中部、兵库县一部和大阪府一部。——译者注

45

的微弱灯光，确实能看到死去阿园的身影。她仿佛就站在衣柜前，柜子的抽屉里还放着她的首饰和衣物。人影的头部和肩部清晰可见，不过腰部以下的影像便模模糊糊，几不可见。这身影像是阿园不完全的倒影，如水影一般。

　　一家人害怕起来，赶紧走出房门。众人到楼下商议，阿园的婆婆说道："女人都偏爱自己的随身小物件，阿园十分喜爱那些首饰和衣物，或许就是回来看看这些东西。听说若不将这些物事送去本地的寺庙，死人的鬼魂还是会回来的。我们要是将阿园的袍带首饰都送去寺院，她的灵魂或许便会安息了。"

　　众人都颔首赞同，觉得此事应当尽快办妥。第二天上午，阿园衣柜的抽屉都被掏空了，阿园的所有衣物首饰都被送进寺庙了。可是她的鬼魂次日晚上又来了，仍像前一夜那样望着衣柜。从此她夜复一夜地回到这间卧室，每夜必到，长良屋一家惊恐不已。

阿园的婆婆只得去了寺院，将事情一五一十地告知住持，寻求让鬼魂安息的办法。这座寺院乃禅宗寺院，住持是一位得道老僧，法号大玄。这大玄和尚说道："定是有什么物事让她焦虑不安，应当就在那衣柜之内，或是附近。"

　　老妇人答道："可是我们一家将所有抽屉都收拾干净了，里面什么都没有了。"

　　大玄道："好吧，今夜老衲会去一趟贵宅，就在那间卧房里好生观察，见机行事。还请您吩咐下去，在老衲观察之时，除非经我召唤，任何人不得入内。"

　　日落之后，大玄赶去长良屋家，见那间卧房已一切就绪。他便独自留在房中诵经，直到子时，一切风平浪静。阿园的身影突然之间在衣柜前现形。她一脸渴望神色，直勾勾盯着那柜子。

　　大玄照例念过经文，随后呼过阿园的戒名，说道："老衲来到此地是为相助于你。或许这衣柜之内，有什么物事让你为之焦虑。可须老衲为你找出来？"那魅影似乎微微一颔首，以示答允。大玄站起身来，打开第一格抽屉。里面是空的。他相继打开第二格、第三格和第四格抽屉，仔仔细细在抽屉上下搜寻，柜子里都仔细翻过，还是一无所获。阿园的魅影却依然满怀渴望，凝视衣柜。

大玄暗忖："她到底想要什么呢？"此时他脑海中突然灵光一闪，难道抽屉里铺的衬纸下面藏着什么玄机。他揭开第一格抽屉的衬纸，什么都没有！又掀去第二格和第三格抽屉里的衬纸，还是空空如也。不过大玄在最底下一格抽屉的衬纸下面，总算找到了一件物事。原来是一封信。

他问道："这便是你一心为之烦扰的物事吗？"

阿园的魅影转向大玄，迷离的目光却在注视那封信。大玄问道："我为你将这书信焚化如何？"

阿园立即躬身施礼。

大玄郑重承诺道："明日一早，这封信就会在寺内焚毁，除老衲之外，没有任何人会看到。"魅影微微一笑，就此消失无踪。

大玄走下楼梯，天已亮了。长良屋一家都在楼下等候，人人一脸忧色。大玄说道："诸位勿忧，她不会再来了。"从此阿园的魅影果然没有再度出现。

那封信也被烧成灰烬。原来那是阿园在京都求学之时，收到的一封情书。除了大玄和尚，没有人知道此事，在他圆寂之后，这个秘密也随着他一同在世间消失了。

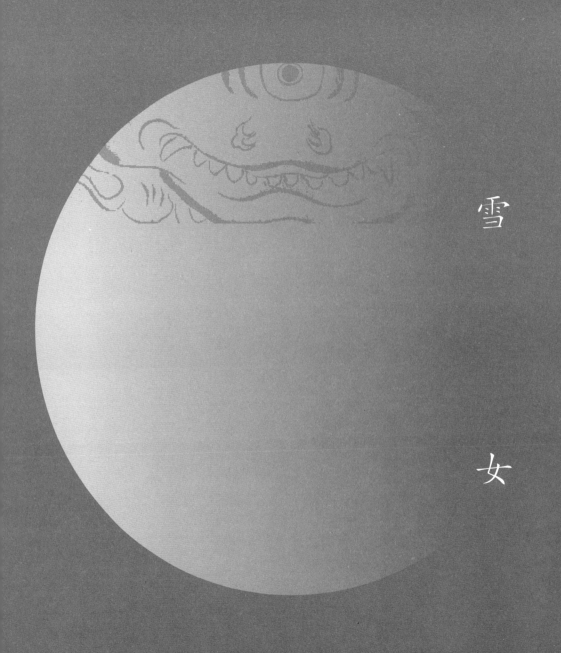

雪

女

从前，在武藏国[1]的一个村庄里，住着两名樵夫，分别叫茂作和巳之吉。茂作上了年纪，他的徒弟巳之吉还是个十八岁的少年。两个人每日都结伴去村外五里远的一片森林采樵，半路上有一条宽阔的河流，河边有一只渡船供人渡河。渡口一带曾数度建过桥梁，只是每次都被洪水冲垮了。河水暴涨之时，寻常桥梁根本抵挡不住洪流的冲击。

在一个十分寒冷的冬夜，茂作和巳之吉采樵回家的路上遇上了一场大暴雪。两个人来到渡口，那摆渡的船夫却早已不见踪影，渡船孤零零地停靠在彼岸。天气寒冷，不能游水过河，两个樵夫便找到渡口船夫的小木屋，钻进去避寒，暗自庆幸大雪天还能找到容身之所。屋里没有火盆，也没有能生火取暖的火塘。小屋只有两张榻榻米大小[1]，开着一扇门，却没有窗户。茂作和巳之吉将门关严，连身上的蓑衣也不解，便躺下歇息。起初他们并不觉得很冷，以为暴雪不久便会过去。

茂作年老，刚躺下便已入睡，不过少年巳之吉却一直干躺着睡不着。耳听狂风呼啸，飞雪打在门上噼啪作响，他实在难以入眠。外面河水汹涌，小屋在风雪中摇摇晃晃，如同海上的一叶孤舟。这场暴雪好生骇人，天气每时每刻都在变得更冷，裹着蓑衣的巳之吉还是冻得瑟瑟发抖。不过这严寒将他折腾得筋疲力尽，巳之吉最终还是沉沉睡去。

不知睡了多久，巳之吉突然惊醒，发现

1 大约六英尺见方。——作者注

有雪打到他脸上。原来小屋的门已被大风吹开，在雪光照射下，屋子里已多了一个一身白衣的女子。她向睡着的茂作俯下身子，对着他吹了一口气，那口气在空中恍如一道明亮白烟。她随即转向巳之吉，弯下腰看着他。巳之吉想要喊叫，嗓子里却半点声音也发不出。

白衣女子的一张脸越发逼近，一张俏脸几乎碰到他了。巳之吉见这女子的相貌竟是极美，只是那双眼睛真让他胆战心惊。这女子凝望他片刻，竟露出微笑，低声道："我本想对你也吹一口寒气，就像对那老人一样。偏偏我对你心生怜惜，难以抑制，你实在太年少了……巳之吉，你真是个美少年。我现在不会害你。只不过呢，若让我知道你将今夜的事情告诉任何人，哪怕你的母亲，我便会将你杀掉……记住我说的话！"

女子将话说完，转过身去，走向门外。随后巳之吉发觉自己能动了，他站起身来，向外望去。那女子却不见了，只有雪从门口向小屋里猛吹。巳之吉将门关上，用几根柴棒将门顶住。他心中疑惑是否真是大

风将门吹开的，暗忖可能只是做了一个梦，可能将门口的雪光误认作一个白衣女子的身影，心下不能肯定。巳之吉呼唤茂作，老人却没有应答，这令他十分害怕。他在黑暗中伸出了手，去摸茂作的脸，发觉一片冰凉！茂作全身僵硬，已经死了……

天一亮，暴雪就停了。日出不多时，船夫便回到渡口，走进小屋，见到巳之吉躺在茂作冻僵的尸体一旁，昏迷不醒。船夫赶紧施救，巳之吉不久便苏醒过来，只是他冻了一夜，大病了一场。茂作死于非命，让他好生害怕，但见到白衣女子之事，他还是只字未提。巳之吉康复之后，便照样去采樵，每日一早独自去那片森林，日落时带回整捆柴火，母亲会帮他卖掉。

次年冬天的一个傍晚，巳之吉在回家的路上遇到一个同路的少女。这女子身材颀长，相貌甚美。巳之吉与她搭讪，这女子答话的声音极为悦耳，就像黄鹂歌唱一般。两人便结伴而行，攀谈起来。这女子说她名叫小雪，最近父母双亡，正要赶去江户投奔亲戚。江户的穷亲戚或许会帮她在富户家找个婢女的差事过活。言谈之间，巳之吉很快便被这陌生女子迷住了，越看越是觉得她明艳得不可方物。他小心翼翼问小雪是否婚配，或是已经定亲。小雪爽朗笑道，自己还是孤身一人。少顷小雪问起巳之吉是否已成亲，或是打算婚娶。巳之吉答道，家中有寡母要奉养，他年纪尚轻，还不曾想过迎娶娇妻……

两个人互诉衷肠之后，走了好长一段路，再也不曾说过一字半句，不过有句俗话说得好："心有所愿之时，双眼便如口一般能说话。"二人来到巳之吉居住的村庄，已是彼此倾心。巳之吉请小雪到家中歇息片刻。小雪固然有些害羞，迟疑片刻，还是随他回家了。巳之吉的母亲见儿子带回这么一个如花似玉的佳人，十分欢迎，当即为小雪准备好一顿热饭。小雪言谈举止温顺优雅，巳之吉的母亲甚是喜爱，劝她在家中住些时日再去江户。小雪便答应留下，日子一久，自然而然便再也不提去江户之事。她在这里长住下去，成了巳之吉的娇妻爱侣。

小雪是一位孝顺儿媳。五年之后，巳之吉的母亲病逝，临终遗言都是对儿媳的感激和赞赏。小雪先后为巳之吉生下十个儿女，孩子们相貌都十分俊美，尤其是皮肤，个个细腻洁白。

同村的左邻右舍也都夸赞小雪的美貌和人品，都说她天生便与乡间田舍人不同。大多数农妇生儿育女之后便显出早衰迹象，小雪生养了十个儿女，样貌却依然青春年少，从她初次到这个村子以来，岁月仿佛不曾在她身上留下任何痕迹。

这一夜，孩子们都睡熟之后，小雪在纸灯下缝补衣物。巳之吉望着妻子的灯下倩影，悠然道："看你在做针线活儿，灯光打在脸上的模样，让我想起十八岁那年发生的一件奇事。当年我曾见过一个女子，就像你现在这般美丽白皙……其实，她真的非常像你。"

小雪自顾低头缝补，口中应道："你便对我说吧……是在何处见过她的？"

巳之吉便将当年在渡口船夫小屋的那晚可怕经历都对妻子说了。他躺在地上，那白衣女子俯下身子，对他微笑之后低声告诫，一旁的老樵夫茂作却在睡梦中丢了性命。然后他又说道："那时我半梦半醒，却只有这一次见过有人与你一样美丽。当然，她不是人类，我怕她，非常怕她……她真的好白！老实说，我一直不能肯定当初究竟是在做梦，还是真看到那传说中的雪女……"

小雪猛然丢下手中的针线衣物，站起身来，俯身逼近坐在一旁的巳之吉，声音凄厉，像要刺入丈夫的脸面一般。

"那是我……是我……就是我！雪女就是小雪！我曾对你说过，此事你一旦提起一字半句，我就会杀了你……若不是为了熟睡的那些儿女，此刻我便将你杀了！从今往后，你定要好生善待这些孩子，悉心照料他们。只要他们埋怨你待他们不好，我定会让你为今日背信弃义得到应有的惩罚！"

雪女声色俱厉，声音却变得越发微弱，如同随风飘荡。随后小雪便化作一团明亮的白雾，沿着房梁颤了几颤，从烟筒里飘了出去……

从此以后，雪女再也没有露面。

青柳的故事

文明年间（1469—1486），能登国守护[1]畠山义统手下有一位青年武士，名叫友忠。友忠是越前国[2]人，不过幼年就到畠山家的官邸奉公，位列小姓[3]，就在主公监督之下勤修文才武艺。成年之后，他文武双全，深受主公义统宠爱。友忠性情和蔼，待人接物周到，相貌十分英俊，深受同侪敬爱。

到二十上下的年纪，义统以友忠为密使，去见京都的大名细川政元。政元与义统是亲谊。友忠奉命取道越前上洛[4]，便请求顺道去看望孀居的母亲，获得准许。

友忠启程之时，正是最严寒的季节，虽然骑着一匹骏马，还是只得缓缓而行。他策马路过的是一条山路，山间人烟稀少，寥寥

1 能登国，日本旧分国之一，相当于今石川县北部能登半岛。守护是室町幕府在地方分国设置的最高职务。——作者注

2 日本旧分国之一，相当于今福井县东部。——作者注

3 即侍童。——译者注

4 洛阳自中国东周起便时常是建都之地，日本"大化改新"之后，深受中国文化影响，京都的别称就称为"洛阳"，进京也就被称为"上洛"。——译者注

63

几座村落相距甚远。就在他出行的次日，骑马赶路几个时辰之后，已颇为疲惫，却愕然察觉要到深夜才能赶到驻马的驿站。看天色暴雪将至，寒风凛冽，马儿也已筋疲力尽，一时好生烦恼。正在为难之际，友忠却意外瞅见附近山顶上有几株柳树，树荫下有座茅屋。他催促疲惫的坐骑上山，一路辗转来到那座屋前。为抵挡风雪，主人家早已将防风大门闭合。友忠顾不得礼数，使劲叩门。一个老妇将门打开，见外面是个俊朗的陌生人，心生怜惜，大声道："唉，大雪天一个年少君子孤身外出，真是可怜！这位公子，请进来吧！"

友忠滚鞍下马，将马先牵进屋后的马厩里安顿，再走进小屋见礼，见屋内还有一老翁和一个少女在劈竹生火。主人家礼数周全，请他一同在火塘边取暖。随后那对老夫妇动手为这路客温些米酒，准备饭食。入席之后，主人家又问起友忠出行沿途的情形。那少女却自去

一道障子后忙活。友忠一瞥之间，心中一动，这少女极为美貌，虽说衣着寒酸、长发蓬乱，却也难掩天生丽质，不由得暗自好奇：这等俊俏佳人，却为何在这荒僻凄凉之所居住？

老翁对友忠说道："这位公子，离下一个村子路途遥远，外面雪大，寒风刺骨，道路也十分难走。今晚公子要是继续赶路，只怕会有危险。寒舍简陋，也没什么像样的东西招待，真是委屈您了，不过今夜您还是在寒舍将就一晚的好。哦，我们会好生照顾您的坐骑的。"

老翁诚意相邀，友忠自然答应，暗自庆幸有此机会能多些时候与那美貌少女相处。少顷，主人家摆上饭食，虽说都是粗茶淡饭，却也经过精心烹制。那少女从障子后面出来，侍奉酒水。她换了一身干净素朴的粗布袍子，蓬松长发已梳理整齐。少女俯身斟酒之时，友忠心醉神迷，她的美貌着实前所未见，无与伦比， 一举一动都天然优雅，令人心动。

一旁那对老夫妇却开口说道："公子，小女青柳在这山间长大，不曾见过世面，自然不懂什么待人接物之道。还请公子原谅小女粗鄙无知。"

友忠赶紧摇头道："不，不，有这等佳人在侧，是晚生之福。"他望着青柳，难掩倾慕之情，看得佳人娇靥晕红，仍难将目光移开，连满桌酒食都无心品尝。

老妇道："公子，您方才在寒风里冻了半晌，定是又冷又饿，虽说农家饭食粗陋，还请您勉为其难，吃上一些，喝上一点。"

友忠自然不愿辜负老夫妇一番心意，吃喝起来倒也津津有味，只是少女青柳脸红之后更是娇艳无比，让这少年武士的一颗心全放在伊人身上。他与青柳攀谈起来，伊人的谈吐和娇容一样甜美。这美貌少女或许是在山中长大，但看她言谈举止不俗，宛如名门闺秀，这户人家昔日一定颇为体面。友忠心中灵光一闪，即兴咏唱和歌一首，正好也一探少女的心意：

何处可寻芳，漫漫路遥长。

唯叹天不明，奈何花未放。

少女青柳竟未有丝毫迟疑，当即作了一首和歌相应：

黎明朝色亮，长袖映霞光。

留得君心在，相思自难忘。

友忠听音察意，知道青柳已接受他的一片爱慕之心。青柳有大家风范，在唱和的和歌之中融入心意的才华几乎不足为奇，让友忠欣喜的是这首和歌传达的绵绵情意。他现在已断定，当今世上几乎再难遇到比眼前这山野少女更美丽、更机智的女子，自己也更难赢得胜过这少女的佳人芳心。在他心中似乎有个声音极力敦促："一定要抓住这天赐良缘！"简而言之，他心动如此，再也不愿虚礼客套，当即郑重恳请老夫妇将女儿许配给他。随后友忠便将自己的姓名出身，还有在能登畠山家的职司俸禄如实相告。

老夫妇对友忠连连作揖，诚惶诚恐，连声感激。那老翁踌躇半晌，终于答道："这位公子，您乃名门武士，身居高位，前程似锦。如此屈尊俯就，诚意求娶小女，我们一家的感激之情真是难以言表。只是小女出身寒门，不过是个粗鄙的乡野女子，不懂礼仪，高攀您这等尊贵武士为妻，实在是折煞人了。即使谈论这等事也是不妥……不过，既然公子对小女一番情意，也不计较她是个粗鄙的农家女子，举止粗鲁，我夫妇二人自是愿意让她侍奉左右，做个婢女。今后小女便随侍公子左右，听候差遣。"

次日天色未明，风雪便停了。日出之时，东方已不见云朵。即使青柳用长袖为心上人遮挡冬日的炫目晨光，他也不能久留了。不过他自然也不能与爱侣分离。一切准备停当，他郑重对青柳的双亲说道："承蒙关照，晚生无以为报。这里还有个不情之请，我诚心诚意娶令爱为妻，万望二老答允。我与青柳乃是前世宿缘，此刻与她分别，自是万般不舍。既然青柳愿意与我相伴，若是二老答应，我便带她同行。只要二老答应将她许配给我，我必定待二老如生身父母一般……哦，二老盛情款待，这里有些小小心意，还请笑纳。"

友忠取出一锭黄金，放在二老面前。老翁连连作揖，还是婉拒了这份谢礼，说道："公子宅心仁厚，好意老夫心领。我夫妇二人在这深山居住，自耕自食，平日也不用购买什么物事，即便真要置办些东西，也用不着这么大一锭黄金。公子此行路途遥远，冬天寒冷，金子还是留在身边能有些用处。至于小女之事，老夫已经说过，就此将她托付公子，并非为求回报。公子要带她同行，也不必再问我夫妇二人。小女已对我们表明心迹，只要公子不弃，她便甘心为婢为奴，侍奉左右。公子不惜纡尊降贵，收容小女，我们夫妇已是大喜过望，还请不用为我二人挂怀。家中贫寒，不能为小女置办得体衣物，有心准备嫁妆也是无力。我们都老了，迟早都要与小女分离，只希望她能有个好归宿。如今公子愿意让小女随侍左右，对我一家而言，已是莫大福分。"

友忠再三请老夫妇收下金锭也是无用，可见二老并非贪财之人。

友忠敬佩二老，也看出他们确实满怀诚意将女儿托付，便决心带青柳同行。他扶青柳上马，满怀感激，与二老依依惜别，再三致谢。

"公子。"老翁还礼道，"该道谢的不是你，而是我们才对。我们相信以公子的人品，定会善待小女，我们从此也不用为她的归宿操心了。"（从这里开始，日文原版故事的叙事出现了一段奇怪的空白，使得后段故事与前段相当不连贯。后段再也没有提及友忠的母亲、青柳的双亲、能登的大名畠山。显然作者写到这个阶段对这则故事心生厌倦，十分马虎地匆匆写到令人吃惊的结局。我在这里无法填补他的疏漏，也不能大幅修补这些结构性缺陷，不过必须大胆增补一些解释性的细节，没有这些细节的话，故事的其余部分就站不住脚了……看来友忠贸然带青柳上洛，因此惹上了麻烦，但是原文没有提到这对情侣后来住在何处。）

……当时一个武士未经主公允许，是不能结婚成家的，友忠在完成主命之前，更加不可能指望获准成婚。既然如此，他就会担心青柳的美貌可能会惹人觊觎，或许有人会设法将她夺走。于是在京都逗留之时，友忠想方设法避开那些猎奇的目光。谁知一日管领细川政元的一名亲随看到青柳，察觉她与友忠是恋人，便将此事禀告政元。于是年少风流、喜爱美貌女子的政元，下令将青柳带到细川家的大宅。青柳无从推辞，便立即被细川的亲随带走了。

友忠伤心不已，难以言表，却明白自己无能为力。他不过是边远大名派来的一个卑微使者，眼下自己的性命都在高高在上的管领细川政元掌握之中，管领的意愿常人不得质疑。此外，友忠明白，按照武家法度，与乡野民女私订终身是为人不齿的，正是自己的愚行造成了今日的不幸。如今他只能寄望青柳设法逃出细川家，与他一同逃走，不过这唯一的希望与绝望无异。

友忠前思后想，别无他法，只得修书一封，设法交给青柳。

这样做当然十分危险，写给青柳的只言片语都可能会落入政元手中，更何况给管领家中的任何在押人犯递送情书都罪无可恕。不过友忠还是决心冒险。他写了一首唐诗，相信这首诗能将自己的心意传达给心上人。这首诗一共只有二十八个字，却饱含友忠的一片深情，暗示他失去所爱的痛苦：

公子王孙逐后尘，绿珠垂泪滴罗巾。

侯门一入深如海，从此萧郎是路人。

就在送信的当天傍晚，有人来传友忠去细川宅邸面见管领。友忠暗叫不好，只怕事情已经败露，一旦这封信被管领政元看

到，他肯定会惨遭极刑。友忠暗想："去了细川大宅，政元便会下令让我切腹。若是青柳不能回到身边，我也不想活了。也罢，一旦被勒令切腹，我至少也要先结果了政元。"他带上佩刀，匆匆赶去细川家宅邸。

进入正厅谒见之时，管领细川政元在主位正襟危坐，一众京都名门武士穿戴整齐，就在四周环坐。众人一言不发，宛如泥塑木雕一般。友忠上前施礼，只觉得气氛凝重，山雨欲来风满楼。政元突然起身，上前挽住友忠的手臂，开始吟诵那首唐诗："公子王孙逐后尘……"友忠抬头一看，管领眼中竟满含热泪，一脸友善之色。

政元感慨道："既然你二人如此情深，我便在这里代表我那远亲、你家主公能登守护义统公，准许你们成婚。你们即刻就在这细川宅邸正堂举行婚礼。宾客已齐聚一堂，彩礼都已备妥了。"

政元使个眼色，邻间厢房的障子便拉开了。友忠见里面聚集了细川氏的不少显要家臣，他们如众星捧月一般，等候婚礼开始。青柳身穿新娘的白无垢礼服，正在等待吉时到来……友忠和青柳这对爱侣就此重聚。婚礼之上高朋满座，喜气洋洋。政元和细川家的一门众向新夫妇献上不少贵重贺礼。有情人终成眷属。

婚后，友忠和青柳夫妇一同度过五年岁月，如胶似漆，十分恩爱。不料这一日上午，灾厄悄然降临。青柳正在与夫君商谈家事，突然一声惨叫，十分痛苦，随后面白如纸，晕厥过去。片刻之后，她醒了过来，说话却是有气无力："还请夫君恕我无礼，只是方才突然疼痛难忍！夫君啊，你我今生能结为连理，定是前世有缘。夫妻情深，想必你我来世还会再续前缘，只是今生的缘分怕已尽了。我不行了，只求夫君为我诵经超度。"

"你这是说哪里话来！"友忠大惊失色，不由得高呼道，"青柳，你只是突染微恙……躺下休息片刻，很快就会好的。"

"不，不是！"青柳难掩哀怨，应道，"我真的不行了！这并非胡思乱想……我自知大限已到……夫君，如今已无须再向你隐瞒事实……其实我并非凡人。我的魂乃树之魂，我的心也是树之心……那株柳树的元气，便是我的性命。此刻你我注定离别，有人正在砍伐我的树身……我是必死无疑了！如今我甚至连哭泣的力气都没有了！快……快些为我诵经……快……啊……"

青柳又是一声惨叫，将头扭到一边，想用衣袖遮住娇容。须臾，她的身形宛如沙子一般诡异崩散，随后便渐渐下沉，终于消失得无影无踪。友忠伸出双臂想要抱住她，却什么都抱不住！榻榻米上只剩下伊人的衣裳和头饰，身躯已不复存在，无影无踪……

友忠悲痛万分，就此剃度出家，成了云游四方的行脚僧人。他走遍天下诸国，每到一处佛门圣地，便为爱妻青柳的亡灵祈福。来到越前之时，他特地前往岳父岳母的故居探望。就在他来到那片山间的僻静所在之时，茅屋已不见了。茅屋的旧址仅剩三棵柳树的树桩，能够看出两棵是粗壮老树，另一棵树龄却还不长。三棵树在他到来之前数年就都被砍伐了。

　　友忠在三个树桩旁边立了一座碑，上面刻了经文。他在这里停留了多日，为青柳和她父母的在天之灵祈福超度。

十六　櫻

在伊予国和气郡，有一株古老的著名樱树，名唤"十六樱"，此树因每年正月十六开花且只盛放这一日而得名。按照自然之理，樱树应当在春暖之后开花，唯独这株十六樱偏在大寒之时盛放。原来这株十六樱的樱花并非是靠自己原有的生命力开放的。据说这棵树上附着一个男子的灵魂。

　　此人是伊予的一位武士。这株樱树就在他家的庭院里生长，原先在三月末和四月初开花，与寻常的樱树并无差异。这位武士童年时曾在树下玩耍嬉戏。他的父母、祖父母和历代祖先都曾在树下赏花，将书写祈福和歌的明亮彩色字条悬挂在樱树开花的枝头。这个习俗季复一季，传承了一百多年。武士本人得享高寿，他的几个孩子反而都先他而去了，除了这棵樱树，他在尘世再也没有其他留恋。谁曾想到，到了这一年夏天，这棵樱树眼看就要枯死了！

老人为这棵树极度悲伤。几位善心的邻居觅得一株新的樱树苗，就种在他家的后花园里，希望能够让他得到宽慰。他谢过友邻，佯装高兴，其实内心依然痛惜，那棵老樱树寄托着他家几代人的情怀，让他情牵一生，如今就此枯死，任何其他事物都无法抚慰。

　　老人苦思多时，终于想到一个妙计，能够将那棵枯树救活。那一天正是正月十六。他走进家中的后花园，在枯死的老树前深施一礼，随后说道："此时此刻，我恳求你再度开花，我愿以身相抵[1]，为你重生献上我的性命。"他当即在樱树下铺开一块白布，再铺上席子，就在席子上，按照武士的礼仪

1　人们相信得众神护佑，一个人可以舍弃自己的性命献给他人，甚至献给动物或草木，在日本称为"以身相抵"。——作者注

切腹自尽。这老武士的灵魂便附在老樱树上。这一日虽有风雪，老樱树却在老武士献身的那一刻凌寒盛放。

　　以后，这株十六樱每年正月十六，都会在风雪季节里如期开放。

蓬

莱

　　水天之间，辽阔无限，天水之际，云蒸霞蔚。时为春日，旭日方升。放眼望，唯见海天一色。群青之中，浪潮翻涌，波光粼粼，千回百转。由岸及海，波澜不兴，一片青蓝之色。碧水蒸蒸日上，青空浩渺如烟。远眺处横无际涯，唯苍穹万里难测，深壑千丈无常，天高处色愈见深。独飞檐若新月钩悬，楼台宫阙，广厦万千，隐现太虚幻境之间。曙光初现，魂牵梦萦，几多前尘往事入心田。

以上这段文字，是我在描述一幅卷轴上的画面。这幅日式绢丝卷轴就挂在我家壁龛的墙面上，此画名为《海市蜃楼》，意思就是"幻象"。可是这幅画中的楼台宫阙却清晰可辨。画中能看见蓬莱仙境的闪亮门户，再向内望，是龙宫屋顶的新月状飞檐。画风尽管遵守今日日本画法的规范，但传承两千一百年的中国画画风依然清晰可辨……

　　在当年的中国古书之中，对蓬莱仙境如此写道：无死无苦，亦不见寒冬。仙境之花永不凋零，果实永不坠落，凡人得尝仙果一次，永不再觉饥渴。相传在蓬莱有名为"相邻子""六合葵""万根藤"等仙草灵药，可治百病，还有一种神奇仙草"养神子"，能让死者还魂，需用一种饮了便能长生不老的仙水浇灌。蓬莱仙人用极小的碗吃米饭，无论吃饭之人吃得多饱，碗里的饭都不会减少。蓬莱仙人用极小的酒杯饮酒，无论饮酒之人醉成何种程度，杯中的琼浆玉液也不会空。

　　自秦代以来的传说之中，除了上述内容，还有许多故事。不过令人无法相信的是，那些写下这些传说的人，即便在幻象

之中，真的见过蓬莱仙境吗？毕竟这世上不可能真有让人永远饱腹的仙果、起死回生的仙草、长生不老的神泉，也没有米不会吃光的碗和酒不会饮干的杯盏。蓬莱也不可能无苦无死，从不见寒冬也不是真的。蓬莱的冬天也是寒冷的，寒风彻骨，龙宫屋顶的飞檐上也会有积雪。

传说不可尽信，不过蓬莱仍有许多奇妙事物，最为奇妙之事，没有任何中国作家提过。我指的是蓬莱的大气。只有蓬莱才有这样的大气，正因如此，蓬莱的阳光比任何地方的阳光都更白—— 是一种不会让人目眩的乳白色，令人惊讶的清澈，却十分柔和。这样的大气并非我们人类世纪的产物，它极为古老，我在冥想它究竟有多古老时感到害怕。蓬莱的大气不是氮氧混合物，根本就不是自然气体构成的，而是精气—— 一代又一代太古时代人类灵魂的精华，融合成的一个巨大半透明气团。这些太古先民的思维方式与我们完全不同。今日的凡人，无论是谁，只要在这种大气中呼吸，就会将太古先民的精气汇入自己的血液，感受精气的灵动。这些精气会让他内心的感受发生变化，重塑他的时空概念， 从而让他只能按照先民灵魂之所见而见，灵魂之所觉而觉，灵魂之所思而思。这种感觉上的变化是潜移默化，轻柔如睡梦一般。

经历过这些变化后，或许可以重新描绘蓬莱仙境：

居蓬莱者不知大恶，故人心不老。其心恒如赤子， 则蓬莱之人唯神降不测之时，才会掩面神伤，直至不测消散。除此之外，蓬莱之人自生至死，皆面带微笑。蓬莱之人不分老幼，互信互爱，亲如一家。蓬莱女子话语宛若莺歌，皆因女子之灵若黄莺般轻盈，少女玩耍之时长袖摆动，恍若生出双翼，宽广柔顺，凌空飞翔。

居蓬莱者，除悲伤之外，无事隐瞒，因此便无羞愧之意。因无人偷盗，自可不必上锁，既无可担忧，自夜不闭户。居蓬莱者，虽非不死之身，亦乃神仙之躯，国中一切事物，除龙宫宏大，皆玲珑奇巧，神仙辈皆用极小之碗用饭，以极小杯盏饮酒……

诸般珍奇见闻，若说皆因呼吸灵妙大气而生，亦非尽然。太古逝者留在世间的唯一神力，便是理想的魅力和世代相传的古老希望之光。正因心存希望，这些珍奇见闻才会在蓬莱之人无私生活的质朴瑰丽之间，女子的温柔甜美之中呈现……

西方邪风肆虐蓬莱。唉，当年的奇妙灵气正在消散。现在这灵气只有在日本画家笔下的景物之中还能找到些许残影，如同那些光亮细长的云缕，丝丝缕缕，条条片片，在世间飘浮无常。如今蓬莱只有在